MW01643899

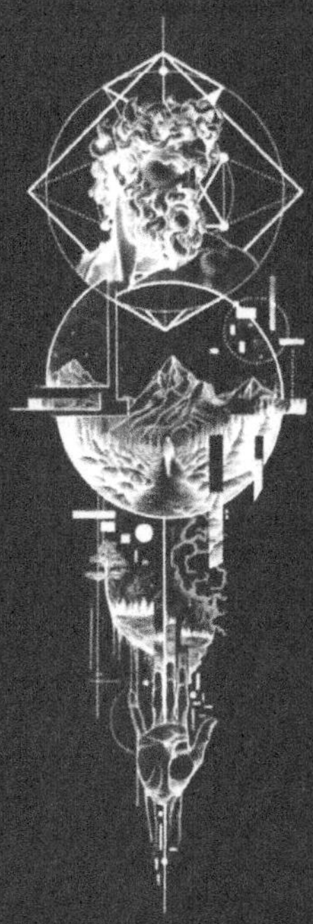

Carlos Ochoa

ANATOMORFIS

El silencio ya no es gotera incesante

TINTAPUJO

ANATOMORFIS

El silencio ya no es gotera incesante

Carlos Ochoa

ISBN: 978-956-6315-17-9

Edición y corrección: Floriman Bello Forjonell
Diseño editorial: Rodrigo Acosta Oviedo

editorialtintapujo@gmail.com

Instagram:@editorialtintapujo.cl
Whatsapp: +569 30149218
Concepción - Chile

Hecho en Chile - Made in Chile

ANATOMORFIS

El silencio ya no es gotera incesante

Mis letras apartan tu alma
de la piel y ahí empieza a nacer
la poesía

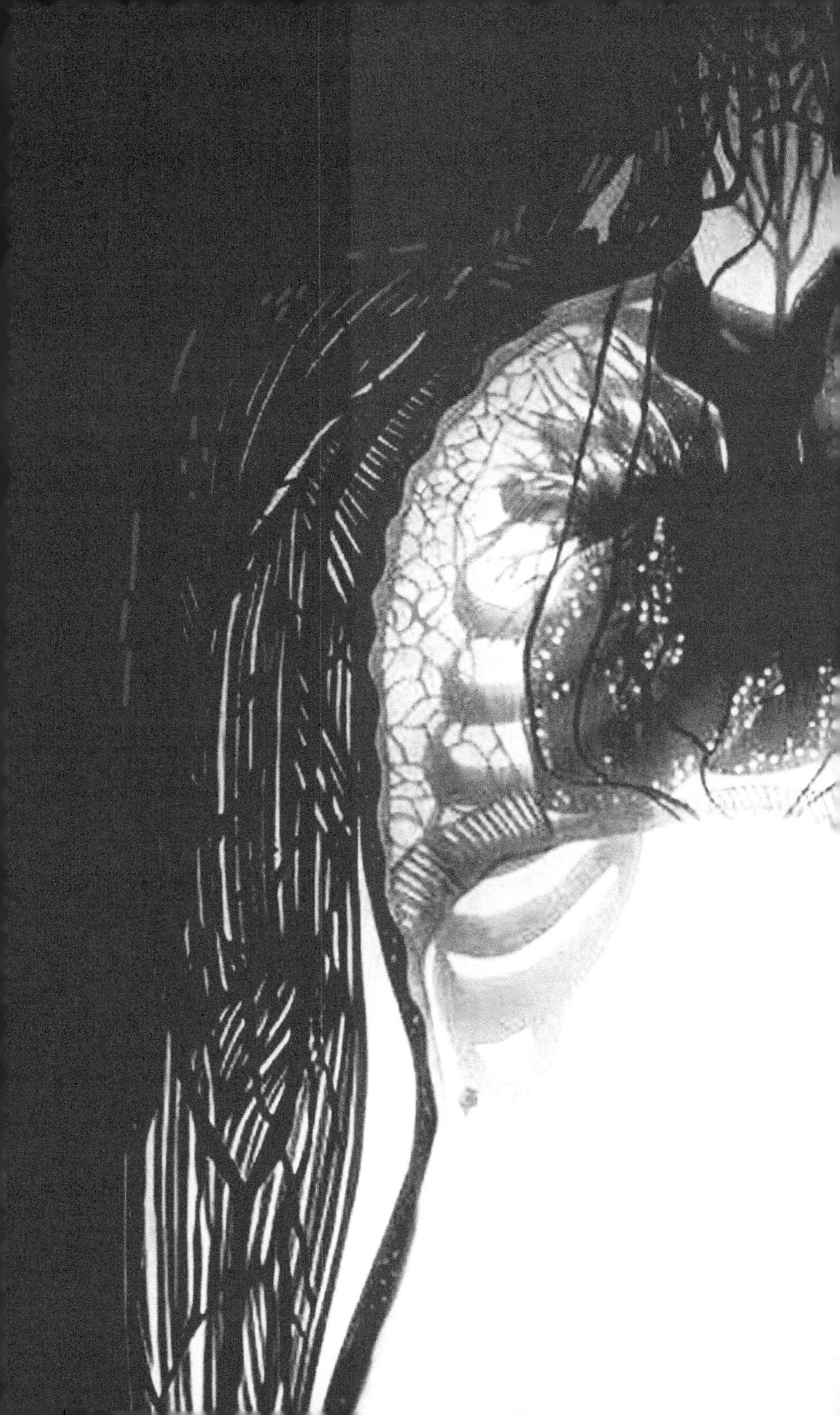

Desaparecí

Al borde del abismo
—huí—
para no ser arrastrado por la muerte
por esas hierbas venenosas de tus manos.

Me ha roto un viento enorme
en medio de mi pecho
trato de respirar
trato de hacerlo muy profundo
pero no puedo.

Miro a mi alrededor y está todo oscuro
no solo porque no puedo respirar
sino porque te has ido.

Entre la dignidad y el orgullo
las palabras se dilatan
y el tiempo me flagela
entre tentativos silencios del crepúsculo.

Mi cuerpo inerte
busca el exilio de baldíos sentimientos.

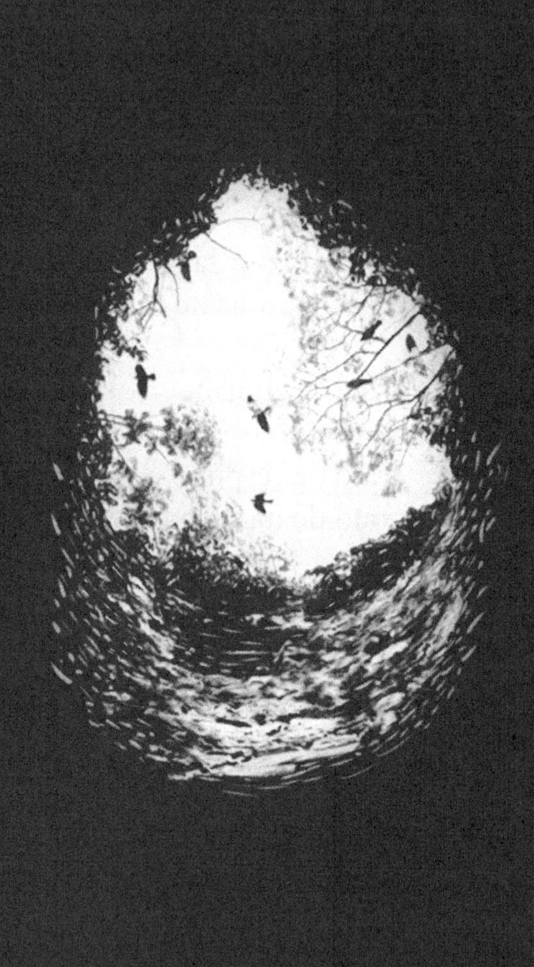

I

Hermoso amanecer
¡Como gritan mis versos!
Bajos los cielos, sofocados.

Metamorfosis

Decidió apagar las sombras
luego del que sol poniente las impactara
buscando irritar a la nostalgia.

Veo en las grietas de la ventana
cómo la madrugada funde el hastío.

El hielo crea corteza en mi cáscara
tiznando el cielo que es mi presente
cubre mi cuerpo de una espesa niebla
en aquello paramos vacíos de mi ser.

Oídos que se frotan entre burlas y caras falsas
¡musgo en los oídos por venenosas palabras!
Me hunde como débil velero
rasgando los velos del aire
guiará las sombras de mi destierro
viéndola lamer mis ventanales.

Un destino descifrado
heridas de hienas malditas
mi vida busca un acto suicida parida de hiel.

Y el destino escrito me da vida
para no verme caer
son anuncios de un nuevo amanecer.

En la pupa, la angustia
quiere rebasar mi destino
como lágrimas ácidas
que recorren mis mejillas.
Ya no seré una larva
que apenas toca lo inexistente
hoy doy dos pasos fuera
para emprender un vuelo
hacia la luz que nace
siento vida en mi vientre.

Miedo

Más allá del capricho del aire
que insiste en dejarme solo
olvidado a la suerte moribunda
la polaridad entorpece mi libertad.

Me hallo despierto en la perdida noche
y agitado día.

Vida hunde mis ojos
que pierden su brillo
los molares trituran mi boca
y luego de veinticuatro horas
mi estómago refleja un cadáver
absurdo
y porcino.

ANATOMORFIS

Estoy encorvado con mis manos amputadas
el karma me rinde tributo al grado
de ser lo último que me queda.

No hay sosiego, solo un miedo
que espera un milagro negro
busco salir del estupor
pero el amanecer no me pertenece
mientras siga avanzando las horas
mi cuerpo se hace triza
entre huesos afilados y viseras.
Amor y Libertad

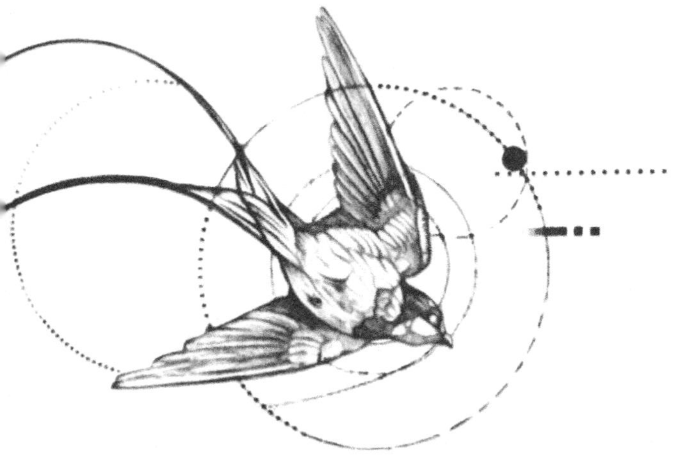

—Sobre mi silencio **la poesía convulsiona**—
se siente un volcán
la rabia contenida estalla
y rompe el amor en mil pedazos.

La tranquilidad rocía la muerte
en diferentes aromas
que impregna mi cuerpo
ya no florecen en mi huerto las rosas
y las espinas no duelen.

Que la musa honre mi vida
en las praderas
del anhelo
y en los arroyuelos se murmuren de mí
la tranquilidad;
vibra en la piel.

Fuego entre sus brazos
la vida consuela los sueños
Los recuerdos ya no lloran
esperanza
en un cuerpo fuerte.

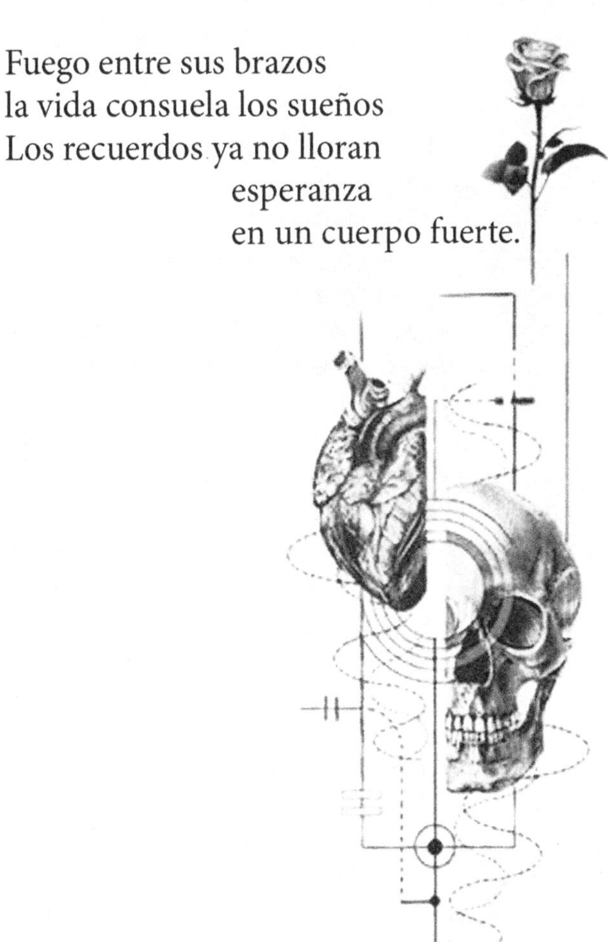

Pie z a s

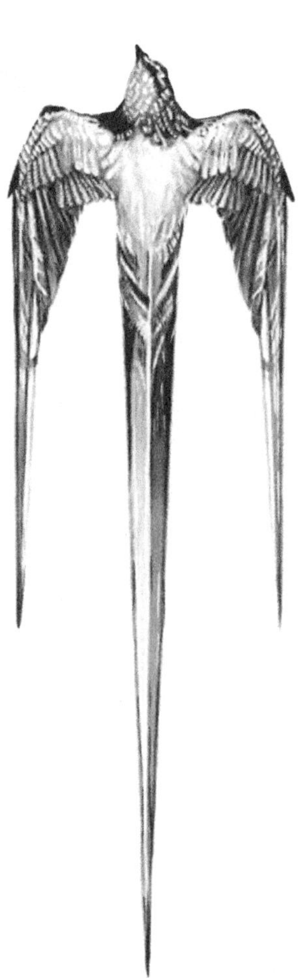

La muerte
la vida
la ansiedad
la desesperanza
momentos buenos
algunos no tan buenos
tragedias y malas suerte

son las cargas que debemos llevar en nuestros hombros.

* * *

Un regalo que algunos se lo otorga al universo, otros a un Dios dormido, un cerrojo bautizado con aguas de los tiempos que el destino invoca, si en algún momento quisiéramos escalar al vació de lo impronunciable sólo basta con sentarse a la orilla de la cama o en la calidez de cualquier lugar de la casa; beber la luz para resarcirla por todo lo que pasa día a día en nuestras vidas.

* * *

E n c a j a m o s perfectamente en el destino de —nuestra propia aniquilación— o salvación sobre un largo abrigo de ***Karma*** o ***Dharma***, somos frágiles sobre la realidad, marionetas de nuestros propios actos en este mundo ajeno.

Al sentarme
c a n s a d o
resignado
resiliente
espumante
triste
d e s e s p e r a d o:

«pido una explicación desde
adentro de mi alma flamenca
que se matiza con el espíritu»

con una frase tan trillada pero tan cierta como la nieve que derrite el fuego que socava el aquí, el ahora y el mañana:

«Por algo pasan las cosas»

no pensé
ni pienso
ni pensaré
lo que vienes.

Mi lengua saborea las palabras
—llenas de mentiras—
que salen de mi boca.

p r e g u n t o:

¿A quién no le preocupa su situación,
sea cual sea la desgracia o la felicidad que vive?

* * *

Al fin somos **pie z a s** de un rompecabeza con un destino tan real como la muerte, debemos asumir la paradoja de este juego que es un poco estratégica, estrategia que no hemos planificado, debemos de aclarar que el destino debe seguir su curso, aunque a veces deba quintar a personas importantes y poner a otro **i n s i g n i f i c a n t e** que sólo serán un puente para nuestro propósito, en fin sigo escribiendo con un farol a plena luz del día, sin ninguno rumbo o propósito, títere sostenido con los hilos del destino.

II

Suena la noche.
En las cuatro paredes,
de tus recuerdos.

Carlos Ochoa

Aguas turbias

El relámpago en dulce labios
veneno que cepillas dientes
escalofriante y usurero vientre
pide saliva de mi boca.

Mano que arrulla la inmortalidad
furia de piel al tocar
espasmo de sueños perdidos
estremece mi realidad.

Sombras de cuerpos unidos
dilatan el silencio en tus brazos
pierdo mi libertad al estar contigo
arrastrado por tus encantos.

Resbalo como un niño
por el vaivén de tu cintura
mis poros aman tu aroma
cercanía del deseo.

Me enamoré enseguida
y quise en una noche dártelo todo
soy un verso abandonado
que cuelga en una nube perdida.

Limbo

A dónde van a parar los actos olvidados
en su paso fugaz sobre la tierra
más allá de la singladura del tiempo.

Sin querer tomo el aire para respirar
y giro mi cabeza como vueltas
da el reloj de arena.

Mi musa sin destino pretende cambiar al mundo
cruza por mi mente vacía y se ríe
sobre las astillas del presente
cierro los ojos un poco perdidos
regante de este juego sin lindes.

Sobre mi dorso tiznado de angustias
se puede traducir mi piel.

Los viejos arbustos con espinas
hacen trozos el vitral de páramos vacíos y
los pocos hilos que me sostienen

—se rompen—.

Mientras caigo
los vientos bautizan
la umbría bajo las cuales veo
el fúnebre vértigo que custodia el tiempo
condenado por la justicia del ahorcado
descomprimido antes la caricia mortal
del destino.

El cristal de mis sueños

Se d e s p l o m ó
se aniquiló
—ya no tiene vida—
s e s u i c i d ó
se ahogó
se evaporó.

Murió
huele a formol
ya no respira

Va alejándose inmensamente
triste… hacia la muerte
posándose en sus manos

ante el inminente riesgo de volver a sufrir:

vocifera ruge quema brama
y al apagarse vuelve a revivir
por obligación.

Mi alma se consume en esta tristeza
que deja brasas en mi piel
tanta ausencia quema mi cuerpo
desde que te fuiste
le pido al tiempo
que calme mis volátiles
sentimientos.

Qué hace que mi corazón se haga cenizas

mi mundo se vuelve un paralelismo
entre despertar y dormir a la misma vez
sobre el infierno de nuestros recuerdos.

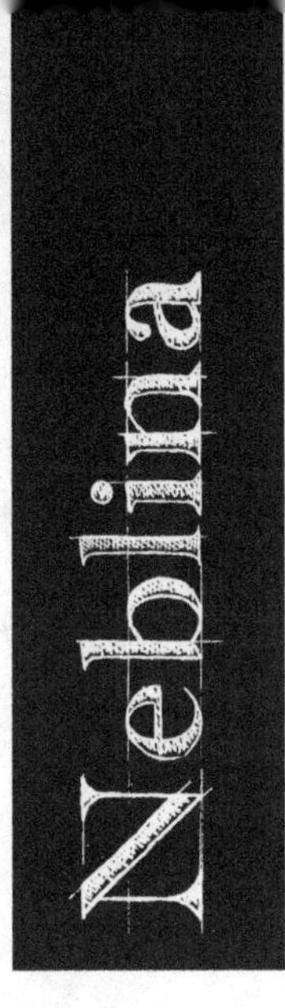

Sublime suspiro que acaricia la piel
olor penetrante que expulsa su cabellera
la nostalgia se eclipsa en su cintura
ardiente figura que se deja desear
entre sombras.

El azar se acuna en mi **orgullo**
empiezo a creer en los ángeles
que caen del cielo.
Pero sólo fue un momento
en la neblina ella desapareció.

III

El otoño muere.
Rompiendo el alma
el frío abunda.

El último beso

Sé que el tiempo es corto
que no permite que la memoria
te haga olvidar tanta soledad inmunda
entre el desespero recuerdo
del último beso que me diste.

Entre mis dedos se escapa
tus labios
tu piel
tu amor
de nuevo entra el desespero
rasgando mi alma
y desde lejos el tiempo se burla de mí.

La estela de su risa
desapareció por completo mi esperanza

no hay gritos en tu boca
por lo menos una señal de mi nombre
sólo veo que el reloj desaparece
de mi vida descarnada.

Sigo con la sospecha
                    de que te amo
con la certeza de que mis suspiros
se ha encontrado con lo eterno
de que mi alma apacible lleva la luz
                                        de una mujer.
Quiero hacerte saber
            que tendrás mis regazos
            que vendrán con mis labios
y detrás de ellos mis manos
para levantarte cuando decaigas.

Aprenderemos a volar juntos
porque de caminar ya sabemos
                                tantos días
                                tantos años
no tengo prisa en esperarte
y menos en volar tomados de la mano.

Quiero hacerte saber
que este corazón
que algún día
se sintió vacío
débil
seco
con un agujero
y un frío tan enorme como
como una brasa del averno encendida
reverbero si lamento gracias a ti.

Invierno

Se agrega un vació invierno frente a mí
el cuerpo que me sostiene ve el día morir
veo hojas secas caer entre mis pies
y mi cuerpo se debilitan sin poder mirar las alas

Mis viseras en estado de hipotermia
atraviesa la perdición y la ausencia del mundo
siguiendo unas lágrimas maltratadas
que es opacada por pieles de gallinas.

La dificultad para moverme
se cruza con mi respiración
agónica y extasiada
que evidencia mi huída.

El ritmo cardíaco
me hace contemplar
las tristezas que busca
ocultarse en sus fallas y los
kilómetros que ha recorrido mi piel
se encuentra con un destino funesto

Envidio las aves que pueden comerme
envidio su cuerpo regulador de temperatura
lo digo con el poco aliento que me sostiene
lo digo abrazado parte de mi cuerpo
que es un caudal interminable
de muertes ahogadas.

Mi alma recuerda los sorbos de café
que hacían arder el alma
tan sencillo que ahora necesito
un trago que pase por mi gargalada
que insista a que produzca más saliva

Si pudiera ver por última vez la humilde
y soleada tierra, me reiría del tiempo y
diría que estaba equivocado,
la muerte no sé de qué color va vestido
pero la ventana de mis ojos
mientras se va cerrando,
va viendo una visita.

Senderos

Finaliza la excursión
lleno de impresiones confusa
que dilata mi alma
son preguntas que componen
la sinfonía que nos acompaña

¿Acaso la cicatrices de aquellos
actos mundanos fueron necesarias
para sobrevivir y dejar de sentir
el peso en mis hombros?

O aquellos deseos de vivir
fueron el porvenir de conciencia inmaculada.

Siento que mi existencia toma posesión
de la abundancia que el universo da
y a la vez siento el murmullo de una paz divina.

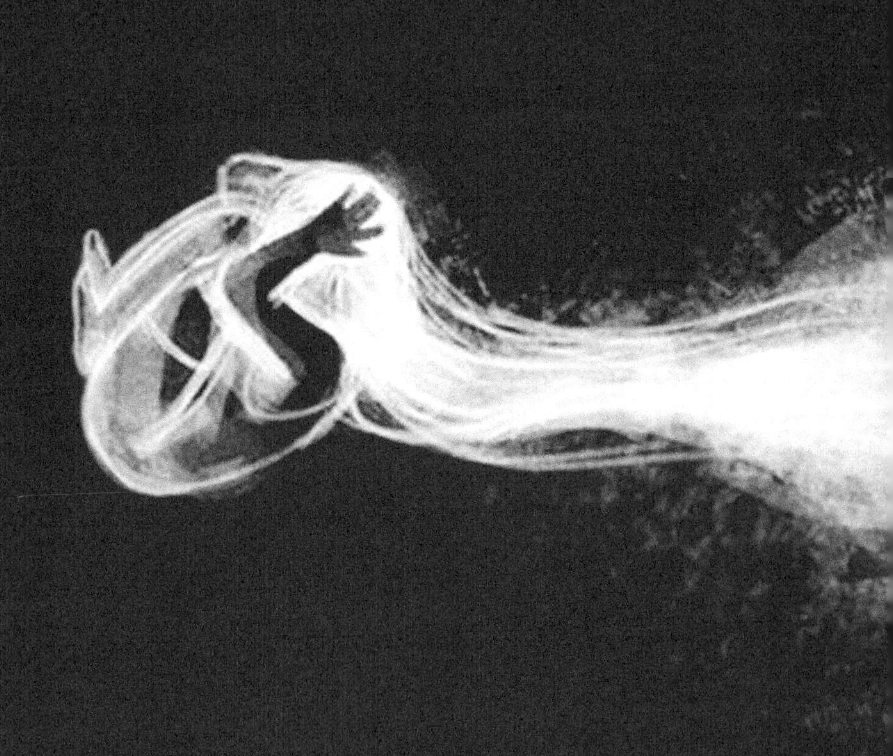

IV

El viento silba.
Enterrando mi cuerpo,
en tu silencio.

Cómplice

Miro cara a cara el poniente ocaso
en celda de cristal y olvido

penetra
abraza
y despedaza
—el fondo de mis ojos—
Fulgida noche que desciende
dilatando el fanal de mis pupilas
seguramente, éste sea el mejor
atardecer que verán mis ojos.

Distancia

Tan fugaz como un fulgor emotivo
reacción de mis brazos
y los tuyos tan distantes.

Habla el miedo en cualquier esquina
se ahogan las penas en fotografías.

El futuro quiere escapar
dejando el beso que me diste
el presente devoro mi mundo
entre llanto y desconsuelo.

No consigo la noción de la realidad
espero que tú sientas lo mismo
que seamos una cenefa de días inciertos
y que la esperanza absuelva tanta tristeza.

La mano de Dios

Me he sentido perdido
en tiempos oscuros y desabridos
mi corazón colmado de tristeza…

—Ha pedido a gritos su nombre—

En el brillo que lanza las estrellas
lo he encontrado
en los rayos dorados del sol
me ha dado la mano
y en las formas diversas de las nubes
me ha dibujado una sonrisa.

La mano de Dios ha tocado mi vida.
He sentido su mano en mi pecho
aliviándome el dolor de mi alma
el camino me lo ha alumbra el ser más Divino
y con el alma dolida he encontrado el camino
hacia la misericordia de los míos.

Me siento bendecido
porque ya no hay senderos oscuros
si no alumbrados por el alba en victoria.

Crepúsculo

Si me tocas
ardera tu piel
        entre los pliegues del deseo.
Toco tus pechos dormidos
        para encarnarme en ti.
Las fantasías serán tuya y mía
        erizándonos en las mieles de
            los crepúsculos.

V

Rosa hiriente,
sangra las sábanas
y yo con ellas.

(hermana) un poema

Me tiembla las manos
al escribir estas líneas
el peso de mi pluma comprueba
el vértigo de mi alma
mis lágrimas abren el telón a un adiós
que se **r e p i t e**
todo lo real es inasible.

Al verte de nuevo
Los suspiros se abrazaron
por tanta espera
la súplica de mi madre
y el orar de mi padre
pudo recorrer mi cuerpo
hasta llegar a mi pecho
y dejar en mi garganta un nudo.

Se invocó entre la sangre
el pasado de mucha felicidad
y como un péndulo
el recuerdo oscila entre las dos.

Muchos años han pasado
pero tus recuerdos
estaban tan intactos como si el tiempo
se detuviera en un lindo cristal.

A pesar de la distancia
me quedé entre suspiros y llanto,
que componen
tantos recuerdos tristes
trate de aferrarme de los buenos
para no sentirme tan sola.

Y sé que
dentro de tu alma fría
necesitaba ese calor familiar
y también sé que pedías ese día
confesarle a nuestro padre
justo después de ese beso en la mejilla
que te sentías castigada por el tiempo
y que extrañabas ese abrazo
que mantenía vivo tu corazón.

Fueron tantos momentos revividos
que sólo duraron pocos días
dejando la amargura en sobriedad.

Pero ese instante
revivimos nuestras locuras
nuestras historias
nuestros juegos
de niños que duraba
desde la noche hasta la madrugada.

Cómo olvidar nuestro café de la mañana
el juego de cara de pasita
los cuentos de nuestra abuelas y padres
momento que se convertirán en eternidad.

Mi corazón te amará eternamente
el cosmos y Dios lo saben.
el tiempo es testigo
de la más profunda
historia de amor entre dos hermanas.

No sabrás todo el amor
que guardo en mi corazón
pues mientras te despedía
me veía como una niña pequeña
que se aferra a la vida
y de esta manera te digo hasta luego
con una impotencia entre mis manos
y viendo a mi padre rendirse ante tu adiós.

Cinco minutos

Al verte mi boca destiló una sonrisa
que llevaba tu nombre.
Cinco minutos bastaron
para sentir en mi piel
deseo de mirar nuevamente
por el retrovisor
y entre el rabillo de los ojos
te conectaste con los míos.

Conspiró el vaivén del amor
columpiándose en tu sonrisa
Sentí la inocencia
y los suspiros de aquellos amores nuevos
aquellos amores que dejan flechazos
y secuela.

Justo cuando te bajaste de mi carro
me desvanecí nuevamente en tu mirada
y la brisa insistió en detenerte.

Sencillamente
Llanamente
Simplemente
quería que te quedaras.

Y ahora prefiero sentir
y pensar que te volveré a ver
no fue un amor pasajero
fue la conexión de dos enamorados.

Canto de amor

Tu virtud que desfila que desfila con belleza
en la letrina de marzo retoma cometas de amor
que siembra óleo en las entrañas de nuestras almas.

La vida clama tu presencia
urgido de vivir.
La vida pide tus alas
dispuesta a volar por lo alto.
La vida pide que no sólo
te recuerden cada marzo.
La vida pide recordarte
todos los días.
La vida pide un gran cortejo
al lado del sol.

Allá en las alturasz
por qué eres luz sobre tu silueta
afirmando en tu presencia
que existes.

Eres un ligero susurro
inexplicable que recorre
mis venas y ilusiona mis sueños
Eres la fuerza con que tus brazos rodean mis penas;
entre bendiciones siento tu mano clara y frágil.
Y este corazón consternado
empieza a discernir
Porque sin ti no sería el mismo.

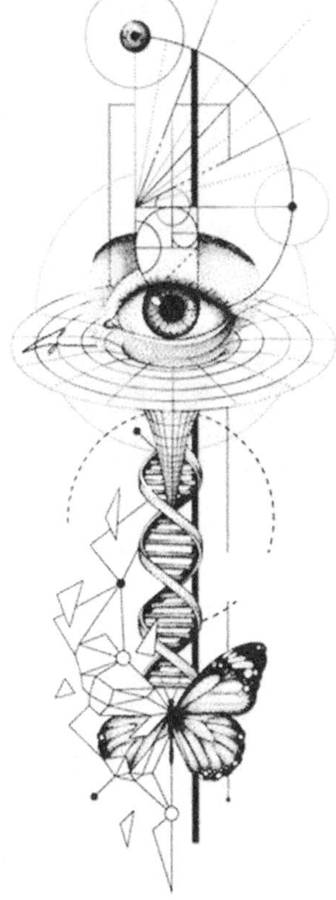

VI

Trato de sonreír,
estoy hecho mierda,
por dentro.

Skaldemet

Nadie entenderá que mis amaneceres
                    serán más diáfanos
y el poder de la victoria
                    será para siempre
sin importar que el tiempo
                    se caiga en pedazos.
Esta brecha cuenta una historia…
sabiéndose que entre el silencio
me hago más fuerte y observado
tres medias lunas me consumo
el hidromiel como la bebió ***Odín***
para obtener la sabiduría
y la poesía en mi ser.

Inspiración poética plasmada en mi piel
ansias de navegar entre versos
impacientes
inapelables
y en la mezcla de sangre
y miel
la poesía nace en los atardeceres.

Profunda pasión la que me inunda
fuerza bestial de un animal espiritual.

A sus pies un destino de fuerza y resistencia
estériles intentos de rendirme
de traicionar o de engañar.

Me funde la esperanza hasta convertirme
en un alma pura, la inspiración es el reflejo
de mi corazón, viviré mi realidad
realidad que enciende el alma.

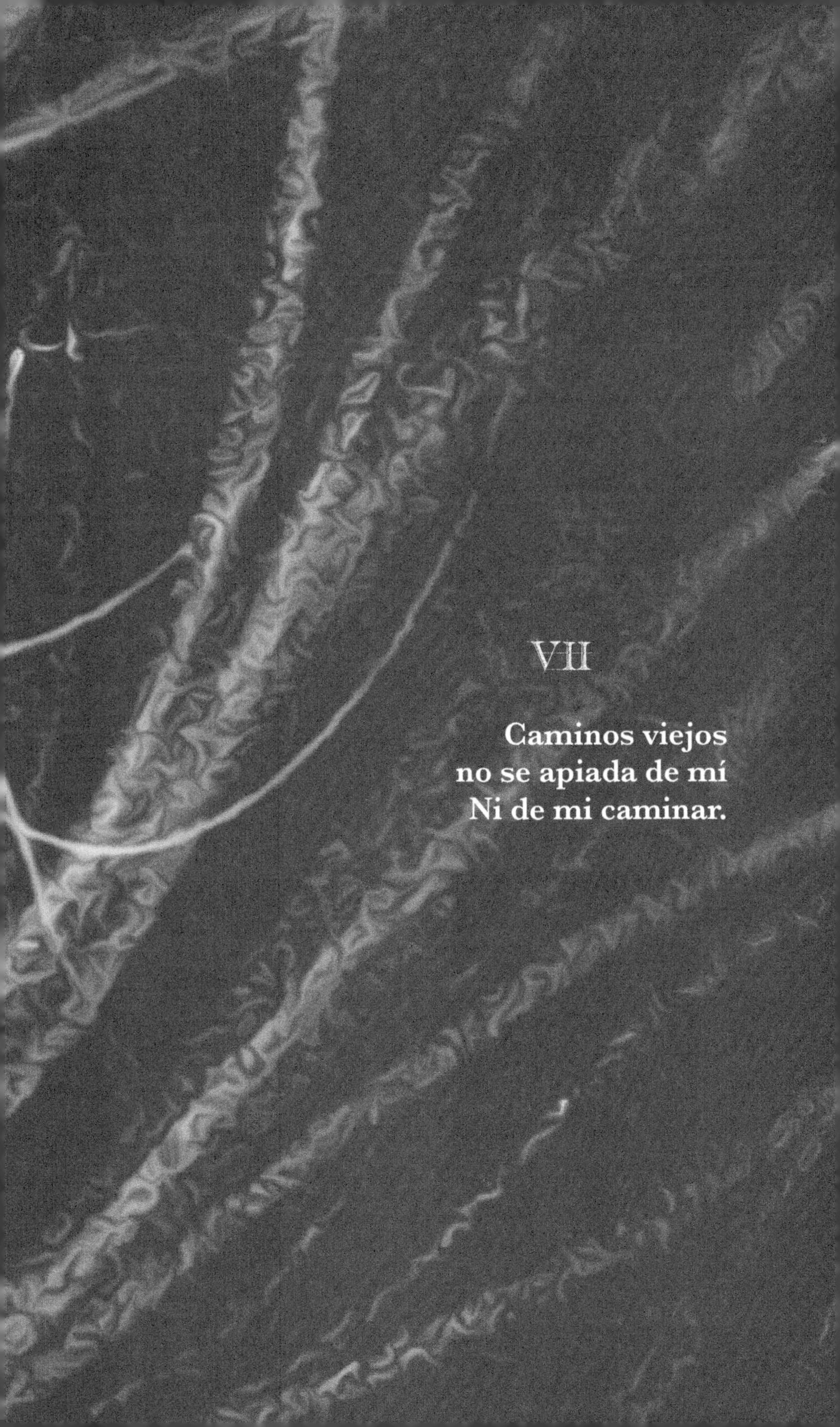

VII

Caminos viejos
no se apiada de mí
Ni de mi caminar.

La noche y el vino

Si eres ausencia
¿Qué quieres de mí?
Reconozco que me extravié en tus volcanes
que me obsequiaste lágrimas de felicidad
que contigo la tristeza encontró una salida
y todos mis pecados fueron lavados entres tus manos.

Sabes que te ofrecí todo mi amor
me ofrecí en estar vivo a tu lado
y que nunca me dejaría iluminar
por mi terquedad, amargura…

No lo niego
no me arrepiento de haberte conocido
Y las agresivas lágrimas
dañan mi alma con desolación.
¿A dónde va el amor cuando huye de aquí?
¿A dónde se fue mi amor al irse de aquí?

Las llamas que encendía el óleo de este amor
se fue yendo con el tiempo.
A veces me da por buscarte
empiezo a sentir culpa
no quiero engañarte
y menos alimentar tus oídos
con lo que ellos quieren oír.

Ah lo mejor la culpa es mía
o del bendito tiempo
ese mismo que hace sanar las heridas
y espero que pase con nosotros
sabiéndose que nuestros cuerpos
siguen apresados en el río de la nostalgia.

Pido aliento para nuestras vidas
de ese que provoca olvido
de esos alientos que ayudan a sanar.

Mientras yo negocio con el universo
para que vuelvas hacer feliz.

Mis manos tratan de levantar imposible castillos
que desata gritos que recorren mi boca
y los crepúsculos recorren mi piel
en busca de un sol naciente.

Quiero dejar en paz a mi memoria
y entregarme al insomnio.

La soledad en mis manos va habitándome
es mejor esto que seguir haciéndonos daño.

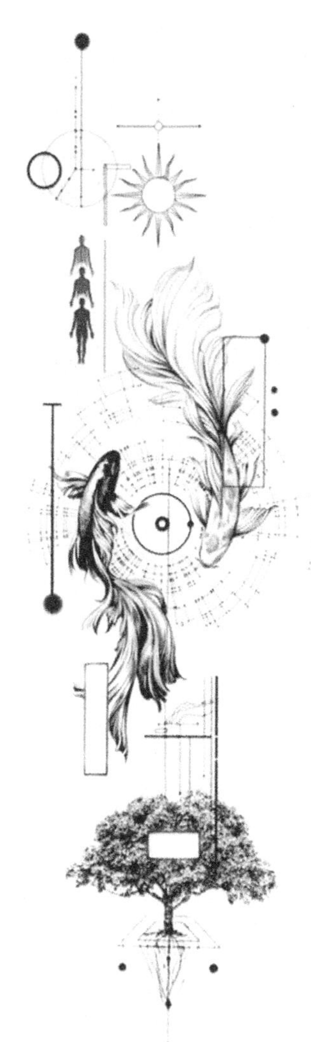

Frenesí

En este instante la vida se extiende
entre los paladares de tu boca
este verso se tiñe por el sudor del deseo
y con la puesta del sol
nuestros cuerpos se desnudan.

Me enredas en la luz profunda de esos círculos
infernales que quiebra el invierno
para traer un arco colorido en el cielo
ofreciéndome nuevos olores
de esa piel que esconde el enigma

¡Ámame, á m a m e, ámame!

¿Qué hace anclarme en tus mares
como la felicidad de un marinero
al encontrar nuevas tierras
y todo estalla como lo hacen los sueños
al caer la noche?

El almíbar de un beso
        que hizo suyo cada uno de mis sueños
desborda por tu cintura la cordura
        que he perdido hoy
y el frote de nuestros cuerpos
hace gemir el silencio.
                Piel de seda
                órbita ajena
                unión de dos corazones

infiernos que nos consumen
el sudor aumenta el ida y venida
y la excitación nos golpea como suave brisa
que haces tu nombre sagrado impronunciable.
Su voz es hoy viento libre
que a mis oídos les recita todo lo que esconde
quiero conocerte un poco más allá
de tu lengua que saborean mis versos
para hacerte saber
que quiero vivir en tu cuerpo.

Tacto tu sombra

Unos muslos
que abrieron bajo el clamor de la mirada
la sombra de mi tacto descifra la imagen
de una pasión inmensa
una pasión desenfrenada.

Unos tobillos que torne mi poesía
noche ebria inventa otro cuerpo a tu cuerpo
sólo mírame a los ojos
descifra el de deseo de mis dedos
que deambulan por tu piel.

La punta de mis labios
sustenta la humedad de tu lengua.
un cuello que no escapa de mis manos.
Sudor
    sabor a miel
        flagela el golpeteo
            de nuestros cuerpos.

Seré el forajido de tus deseos
que abrirá la cortina
de tu pudor
de tu fragilidad
abrirá la sensibilidad
más profunda de tu voz.

Seré el alpinista
que escalara tus cúspides como
la Venus saliendo del mar
y ahí oiremos los gritos excitados
del infierno.

VIII

Almohada triste,
Diluyendo en el poema
Tanta depresión.

El poema

Desde la cúspide se escapan algunos **poemas**;
fascinantes y tímidos que revolotean
a través de libres pensamientos.

Van descendiendo a la inmensidad
de tantas alegrías otros destilan
silencio y desolación.
En las noches profundas van cayendo
donde han caído tantos héroes y heroínas.

Caen en el polvo y las cenizas
que dejan tantas historias por contar,
quizás en un recodo veas sus figuras
algunas retóricas otras literarias
con el fin de hacer pasión
desbordada en los tormentos de quien las lee.

El poema es traedor de lluvias
en la sequía del pensamiento.

El poema trae aguas turbulentas
de los ríos que desembocan en los
mares del sentimiento.

El poema asume en mi ser lo eterno
al soplo de las auras estivales, unas gotas
de miel entre los labios y un Dios haciendo
apnea a la espera de un bolígrafo sin tinta.

Bucle

El poeta despierta con la boca entreabierta
Y la lengua saboreando las letras
desnuda también
la cabeza y lleva al final las anclas
hacia incógnitos cielos y sobre
el papel blanco que define su albura
en su piel se repite, sus textos, sus tragedias
y lo inútil de toda esta vida, sin dejar huellas
como un obús que estalla frente a su guerra.

El poeta se clava los cristales
en su corazón luego de haber
roto la copa donde bebía su vino
rojo carmesí, amargo y bulloso

¡Como los gritos de sus versos!

Sentado en una escrispada e incómoda orilla
con un perfil vigoroso
de un hombre solitario.

Un hombre inolvidable para muchos
y para otros un hombre que vive
empantanado sumergido en los
transmundanos espejos de sus sueños.

El poeta vive
m u e r e
se enamora
se ahoga
llora
pierde
ríe
se quema

mezclado con un gozo extremo
la mitad del placer y la tortura
y así va repetitivamente
sin salir de este trágico bucle.

El alma arde.
El verano viene en camino
Y yo sin ti.

Nuestras bocas

Ahí vive nuestro deseo
traduciendo el idioma de los ojos
sin hablar, sin dolores; sin decir
adiós al vació por fuera, al vació por dentro.
Sólo estamos respirando
una noche de verano
porfiadamente encadenados
a los labios y así la vida se nos va entre
los dedos y mi alma en una hoja.
Y así la muerte me sorprende
en tu tierra firme tomé el bote y los remos
fui a navegar
Voy por tu cuerpo
poro a poro me arrastro
por tu avatar y tu voz
este último codifica
en tus muslos las ganas de recibirme
y hospedarme.

Bebe de mi boca
que esta sed está quemándome
el desespero parte mi piel
con ganas del placer infinito
quiero mojarlo todo como lo susurros en
mis oídos y en ese instante
quedé mudo taciturno
irreflexivo
cual si llevara una luz por dentro.

He de huir ahora, pisando las arenas del viento
pero si huyo detendré este placer
que tu espalda me da.

Dóblate hasta
        que tu nombre se te calle en el mío.
Disfrutemos hasta
        que mi sombra se te clave en los huesos.

Matemos la esperanza en esta pasión absurda
en el sofocamiento,
veracidad en el viento foráneo
del roce de nuestros cuerpos.

Ritual gitano

Hay fuego en sus ojos
arden cuando se fijan en mí
de algún modo el tiempo
se detiene
se añade un ligero matiz
a la costumbre
conjurando los ruidos del corazón
despertando toda
                    mi geografía
                    mi infancia
                    las canciones
y algún ritual gitano que vuelven
sudorosos mis oídos.

Nuestros cantos de lluvia pasan
como un volcán que hasta
las mentes más frías y los estómagos
                        helados se calientan.

Me descifras hasta poner en fugas mis deseos
quisiera evadirte
poner la cerradura y condenarme
pero no quiero.
Siempre pensaba que la primavera
llegaba así de afanada con las ganas
de arrasar con todo y reconstruir
mis sueños que con esta edad
lo he ido perdiendo.

Antes era nada, ahora soy un cuerpo
con un pecho que se alza, una sombra
que devora las noches
un avatar que agarra la espuma de tu cuerpo
con las manos que se enciende
y arde por ti con estos ojos
hambrientos que desean devorarte.

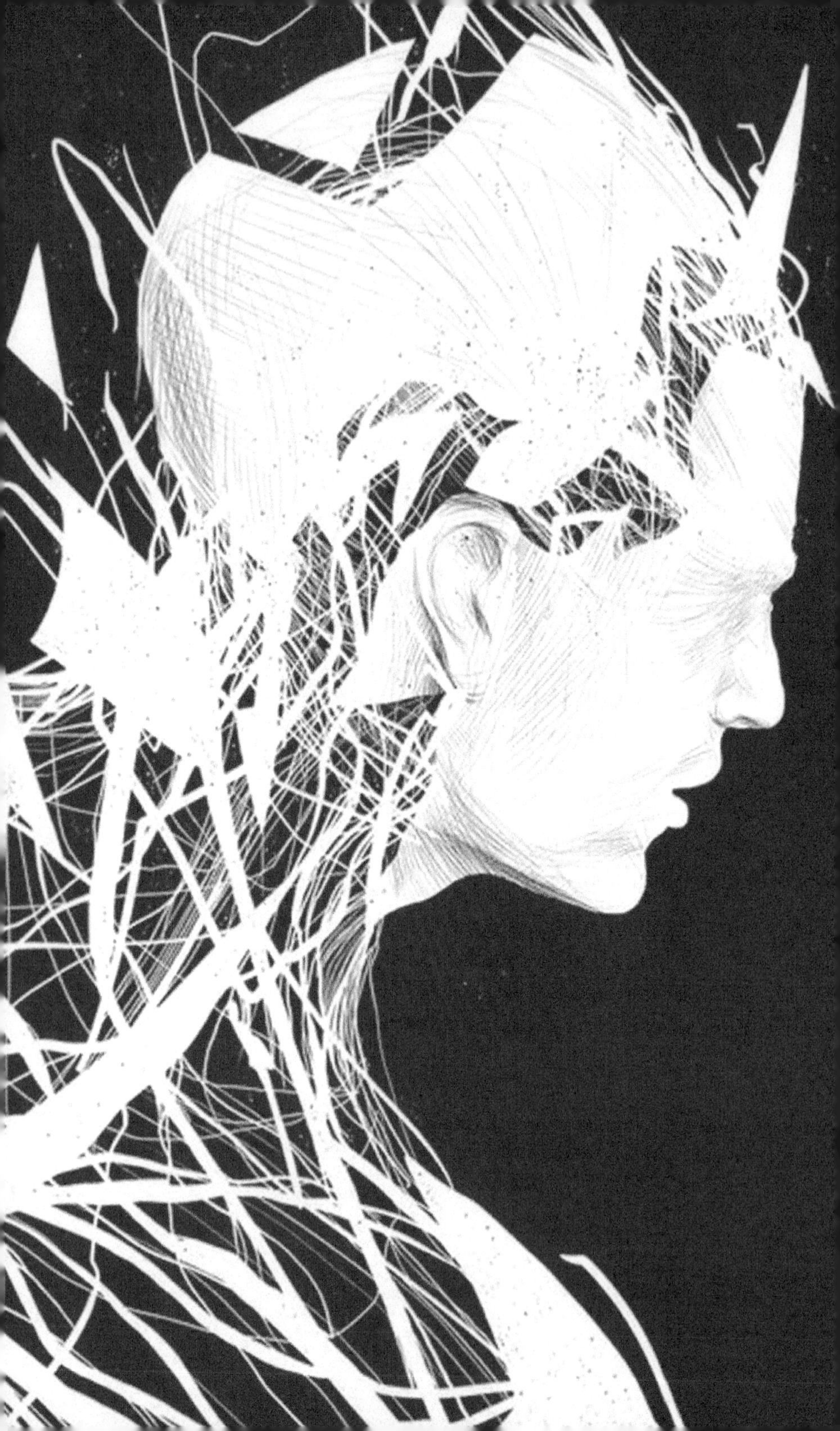

X

La vida no es fácil
Vendrán otros amaneceres,
con más vida.

Arcano 5

Una día podré sacudir el polvo
adherido al cuerpo y detrás
de esta espalda escorchada
el meridiano crecerá.

Cada lugar en donde me asilo
lleva un nombre,
un film y un guión raquítico
una muerte anunciada.

Un día reiré tanto que desgranaré
                        en litros mi saliva
será tan suficiente
para morir que la muerte disfrutará
notar mi cansancio untados en premisas.

Un día no seré tan fatalista
y vestiré de blanco lino
frente a una rocola tricolor
escuchando mi canción favorita
y dentro de mi pecho
la resonancia de la eternidad.

¿Escucha al oído mi latir?

Un día seré un diluvio que humedecerán
unos muslos extasiados al son de tambores
que sepertean que abrirán
la puerta de los cielos.

Un día seré tan feliz que derretiré
al fuego como hojarasca lista
para la hoguera que aportará
un fértil humus a esta tierra
que proveerá esperanza.

Un día morirá mi única estrella
que es lo único que me mantiene
a salvo y en ese instante el temblor
de mis dedos perseveran
hasta el final de los días la cortesía insoslayable
y al apuntar con mi defectuoso dedo pulgar
mostraré lo agradecido que estaré
por haber vivido en un lecho de árboles caídos.

Un día será una dia… y sobre los naipes
del tarot el arcano número 8 aparecerá
«para un inmortal,
no haber nacido no cuenta».

Agradezco al universo
y se lo repito todos los días
gracias por acompañarme en esta vida
y hay veces que personas llegan
y se van o otras que usa un antifaz
marcado con sonrisa falsa
Gracias por flagelarme con la verdad
mucho no lo hacen.

Tú eres de esas personas
que enciende la luz y los rosales
                    en lugares oscuros
Un amigo no solo aparece en fiestas
                    o solo para beber

Un amigo es quien te sostiene
en aquellos momentos malos y dolorosos
es aquel o aquella que enciende
aún más los momentos de felicidad.

XI

Te esperaré
hurgando tu silencio
inútil sueño.

Atado

Veo figuras raras que no se detienen
cruzan en silencio hacia mi almohada
para hacer del alma un manojo
de pedazos que apuñalan los sueños.

El poniente alimenta mis ojos
en esta escena hace frío en casa y
en el patio llueve, nombrando a la melodía;
canción de piano funesto y horrendo.

Mi cuerpo malherido, gris, sin gesto poblado
de nubes opacas, viviendo en la espera

—tiempos vacíos—

cómo logro luz en el desánimo
si esta depresión fluye silenciosa
y huye al fugitivo espacio de mi cabeza.

La vida tiene el mismo
plan para todos:
La muerte (pausa)
El teclado de ansiedad.

Inefable

¿Por qué desprenden tus ojos esa melodía
que por algún tiempo había sentido?

Es posible que esto sea pasajero
como una brisa furtiva de esas
que a su paso arrasa con todo.

No estaba preparado, pero te conocí
cógeme la mano y volemos
aprovechemos la fuerza del viento
la dirección correcta y huyamos
a lo desconocido, a donde podamos
fragmentar este sentimiento.

Me acerco a tu ser, se aceleran los latidos
de mi amante corazón que ya inmortalicé
en tu etérea presencia
Somos nosotros; la vida nos arrastra.

Tu presencia me hace vibrar
sentir recordar como si nuestras almas
detuvieran el mundo por un instante
y al verse con la complicidad
de la mirada se entrecruzan queriéndose
unir para siempre
un alma
un alma sola
una sola alma
y dos almas derramadas en una noche
en la plenitud del mundo
y su inminente extinción.

Sueños idílicos
almas que han deambulando
por tantas vidas hasta encontrarse;
es inexplicable
ridículo

incomprensible para los mortales
somos prisioneros de tantos sueños
queriendo ser libres
queriendo estallar una aurora a carne viva
volviendo a nacer el ocaso
en la confusión del horizonte
bajo la luz prometida del universo.

Me fecundo sobre el tiempo y la distancia
no me da miedo la crueldad de la realidad
ya he perdido tanto que soy inmune al fracaso.

Ahora soy amante de los atardeceres
a meditar y a crear tu figura
en cada nube que veo
somos más que un racimo de besos
somos dos almas conectadas
y desde la distancia deseo
que llegue la noche para volverte a soñar.

Eres el fuego que arrasó con el silencio
estoy indefenso a tus ojos
y tu risa mi cuerpo territorio de tu cuerpo.

Quiero ser el aire que respiras
cuando en mis ojos te ves.
Porque sé que estás
porque sé que eres.

Yo te invoco.

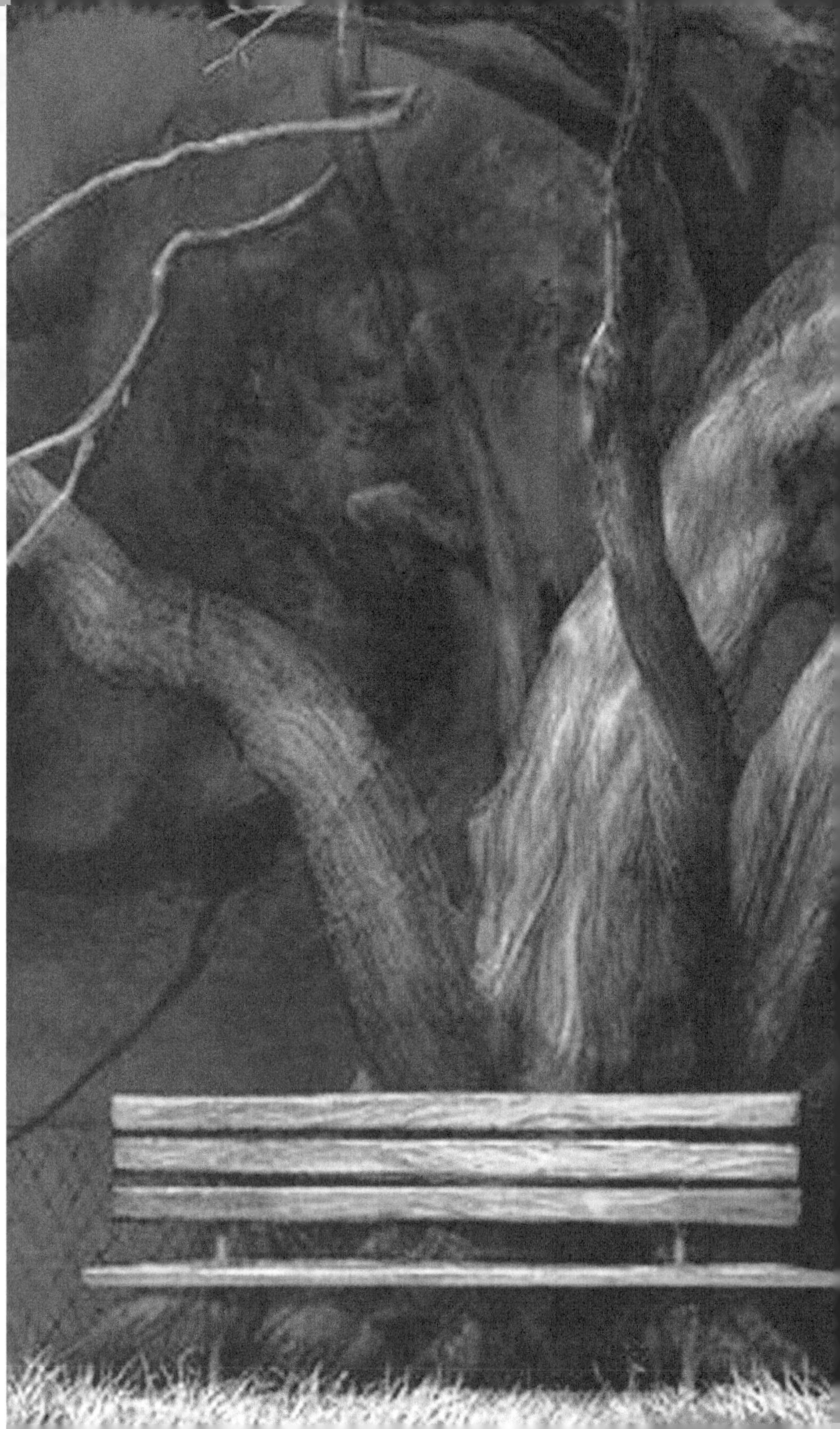

XII

Alma nítida
El poeta ha muerto,
sin ser poeta

En el cielo

Son los reflejos que contemplamos
en los gozos de la tensión
en una celda suspendida
que el cielo ha querido guardar
allá arriba los alacranes
y las luces se esconden en trombas
seguramente los pensamientos
se abrazan en la fuente de los sueños
hay otros que tienen vértigo a vivir.

Es increíble lo que guarda cada nube
el sabor a olvido luciendo sobre el cielo azul
los secretos que corretean en mi alma.
Lo de hoy y lo de siempre
son líneas de los días que me esclaviza
en este plano como un teatro chino.

Cada nube tiene llena la memoria
otras que otras están cansadas de escucharme
partiendo donde no las puedan ver
a centenares de kilómetros.

Y yo pintando con palabras una junto a la otra
en el lienzo de mi desahogo
mientras el sol vagabundea de lado a lado
en mi cogollo.

Las nubes fragmentan mis aventuras de amor
se desnuda en cada ola con la luminosidad
de una pequeña presa, siendo testigo un poema
placentero como las noches de mil primaveras
donde solo existen la parábola de verano…

Por estas razones las nubes
son cómplice de contemplar
y hurgar en las historias
y llevarse los impetuosos
disparos
de
la
v i d a.

Yertos

Transmundano espejo el juicio
que me otorgas, golpea en mi frente
con escollos ignotos
los cuales ignoran mi suerte.

Triste fortuna, sin luna, entre sombras
se eclipsaron los días en la travesía definida
como soledad
naufragio que rompe las olas
de esta ruta perdida.

Mi inercia me empuja bajo
el ciego océano
sombra sobre las sombras
se acumulan las historias
risas, canciones, besos robados
y cuando al fin mis párpados se tumben
no recordaré nada, nada de nada
ni la ruta perdida de esta travesía definida.

Ciervo

Entre las dulces flores de las sombras
fulgía clara la media luna y en la profundidad
del bosque aparecía solemne
nupcial y majestuoso.

Piel de prada, rostro de madera perfectamente
esculpido con los colores más tibios del mándala
cuernos tan abstractos como cualquier otro misterio
y siendo un tótem que segrega la esencia
de lealtad y solidaridad.

Tan espiritual que hasta el crudo
viento se sonroja, irradia una soterrada
luz que da vida al igual que una cripta antigua.
Cuando la luz ascienda a los párpados
su energía complementa la claridad de su estirpe
atiza en mi alma el renacer del mundo
aprendizaje que no sea resonante al caos.

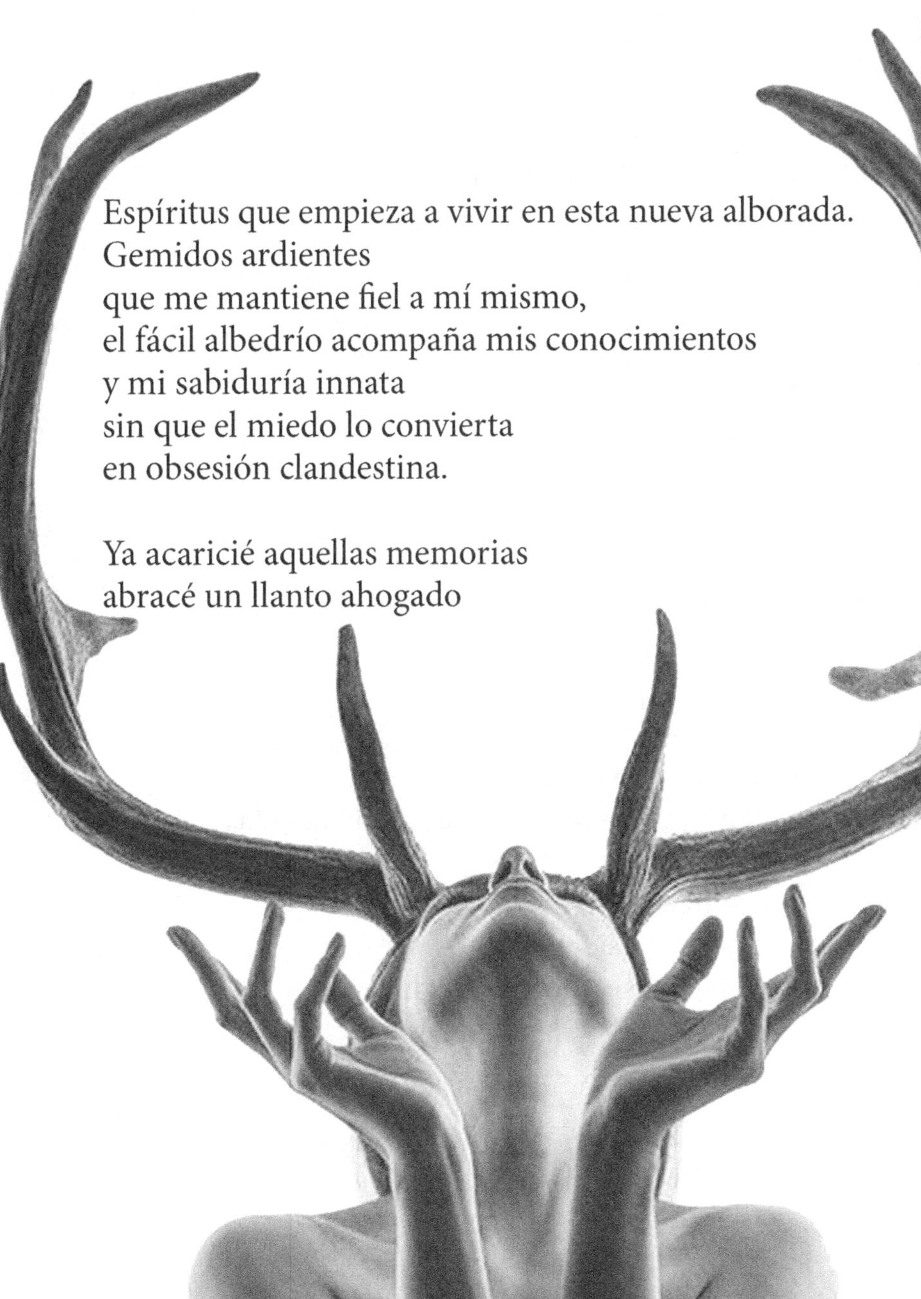

Espíritus que empieza a vivir en esta nueva alborada.
Gemidos ardientes
que me mantiene fiel a mí mismo,
el fácil albedrío acompaña mis conocimientos
y mi sabiduría innata
sin que el miedo lo convierta
en obsesión clandestina.

Ya acaricié aquellas memorias
abracé un llanto ahogado

u n s u s p i r o

saciando esta incomprensible
necesidad que me es impuesto
un recuerdo bueno
un buen corazón en el pecho
un dolor de aquellos
que te hace crecer
un te quiero
un te amo
un sueño
que grita en silencio
un balance
una musa que te quiere
y siempre te perdona
las manos de mi madre
que duele si no están
una familia teñida de la gracia constelada
amigo si puñal y aunque a veces
no es suficiente y
yo sé porque así lo siento
así lo vivo y así elijo trascender.

Absurdo

Se produjo ante mí un sentimiento
muy débil como un sol convaleciente
por ciertas ansias de no tenerte
pienso en lo imposible como lo nuestro y
la ira me consume, cayendo en mi pecho
lleno de fervores que atraviesa el alma.

El presente incierto me hace luchar
me hace sobrevivir hasta quedarme sin fuerzas
mientras que tu sombra me empuja a pensarte
sobre los cimientos quebrados de tus recuerdos.

Es tan absurdo, que si miras las estrellas
verás el frío desasosiego quemando mi alma
y si llegaras a verme te darías cuenta
que soy un bufón atrapando nuestros recuerdos
pero cada uno se me van entre los dedos.

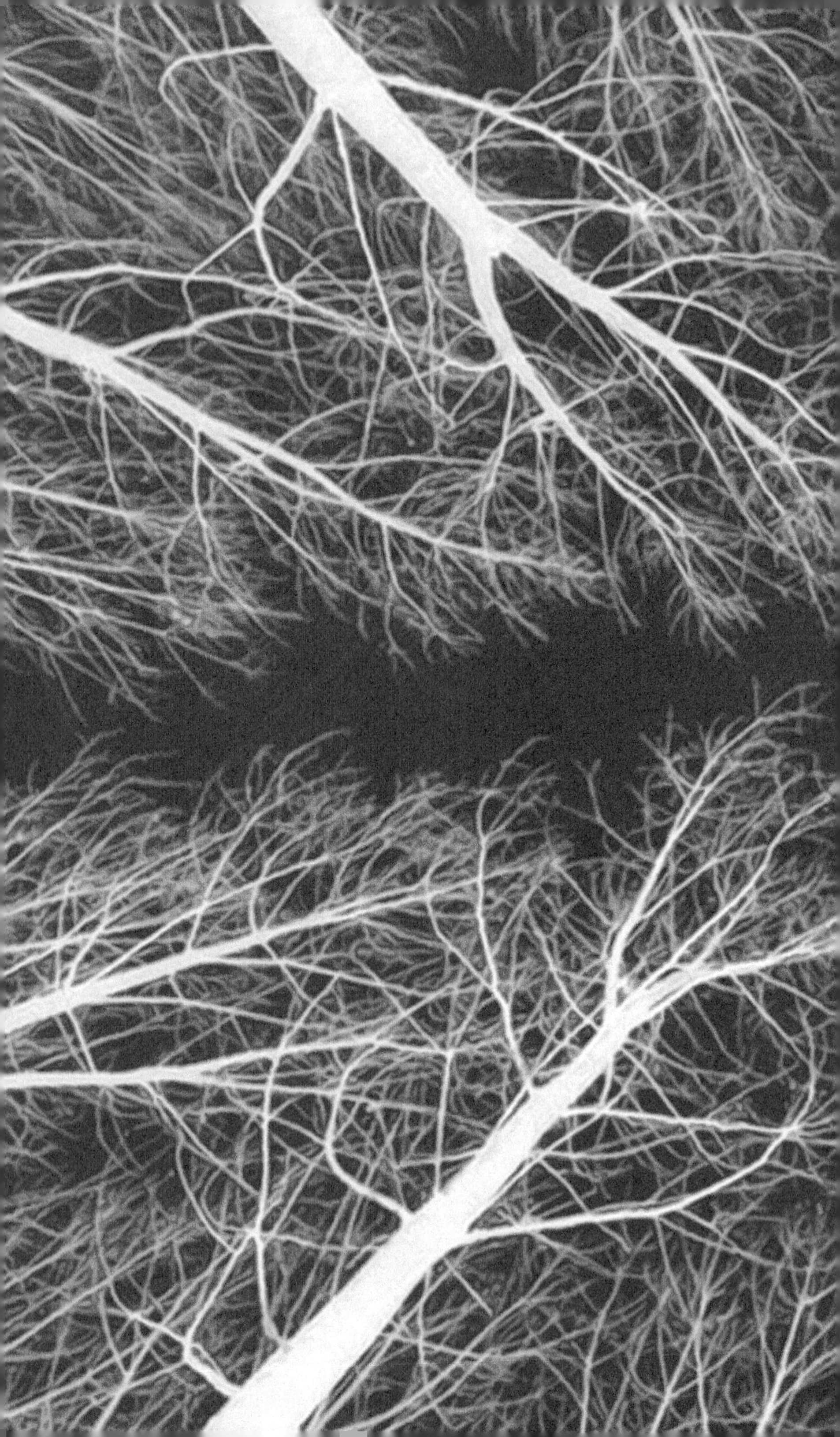

XIII

Tengo vida,
abrazando tu aroma.
Frente al sol.

Repulsivo

Si las noches fueran aún más largas
la realidad vilmente se burlaría de este
repulsivo sujeto que sólo piensa en ti.
Las desgracias no descritas
llegan a la vida de algunos
individuos y a su vez
la suerte toca la puerta de otros.

Si el día se tomara su tiempo
en complacer aquellas peticiones
de algunos que tienen sueños absurdos
seguro que algún día serías mía.

Si la vida se mantuviera joven
no caería en el olvido y tu corazón
no le perteneciera a otro.

Límite

Pese a nuestra eminente extinción
el miedo a morir será una ráfaga de cenizas
que imperará en el aire
un instante de tregua, pólvora y tortura
un engranaje en la desdicha del poema.

Mientras las moscas maduran en nuestras bocas
intentemos que nuestras almas
se alejen de la oscuridad
para rebasar el límite de hacer algo mejor
en nuestras próximas vidas.

Observa la línea simple de nuestras vidas entre los colores groseros, inquietos y muertos de sus nítidas limitaciones, tales significados adquieren densidad en las manos y miedo en decisiones que tomarán nuestras almas, dejando así el abrigo del ***Karma y Dharma*** colgando en el armario, esperando a ser usado en las frías noches del existir, pensar, vivir y crear, hasta que el reloj y sus eventualidades reserven el momento final, amplio terreno para el nacimiento de otra vida.

Hoja desprendida

Me desprendo como hoja seca en ramas llenas de vida, voy flotando entre pensamientos que ascienden y rebosan lo trágico.

Hay una fuente de gravedad que me hunde a lo inevitable, las nubes y el viento limitan mi huida y el deseo de no vivir se incrusta en mi piel.

Al impactar en estas tierras vacías me esparciré para ser nutriente de ellas y el seno de esta muerte se apartará.

Quise elegir la muerte como un mejor fin, pero el propósito de mi existencia es otro.

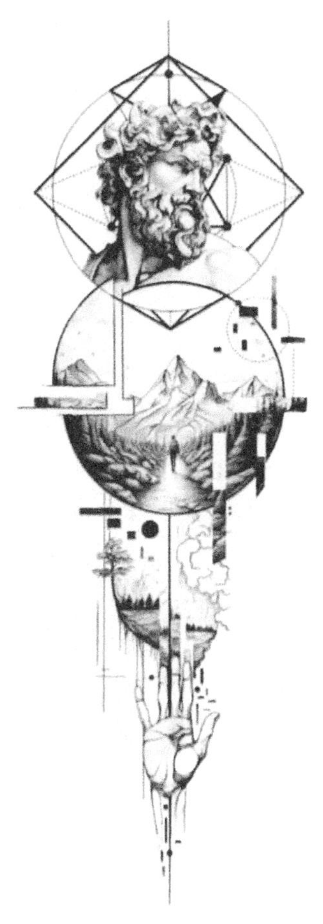

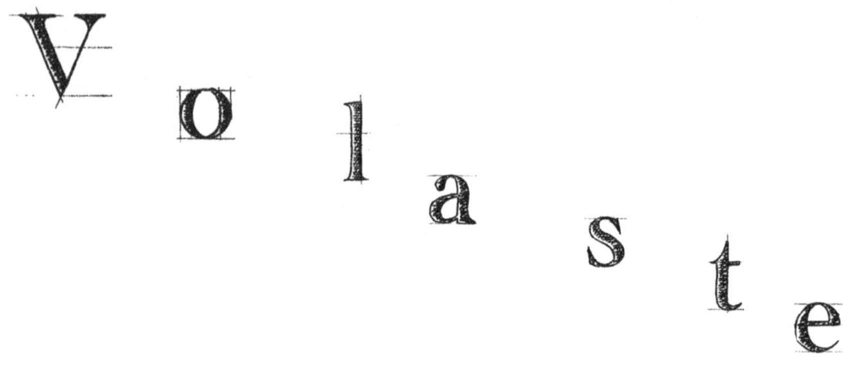

Puede que el tiempo cambie
puede ser que no te vuelva a ver
puede que viajaste a otra dirección.
Sé que todo es temporal que dejaste
corazones hundidos en llanto…

Te volveré a ver
porque el amor
nunca muere.

Poesía entusiasmada

Déjame que hoy descubra
al compás de tu alegre alma
el instante de gloria que
expresa tus labios salvajes.

Un remedio eficiente en mis males
tras la lluvia abandonada entre soledades.
Eres el ser de mis sueños fugitivos
la tierra prometida de mi infancia
el instante que a gloria me sabe.

Al arcano de la vida le pido
que me lleve hasta tu templo
allá en aquellas auroras enloquecidas
de tu mirar.

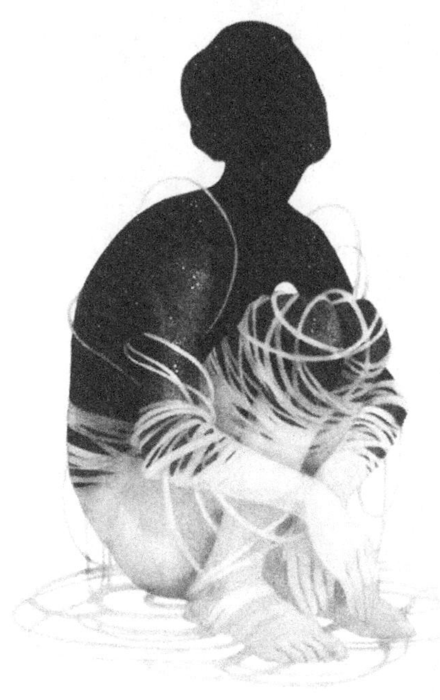

XIV

Como un idiota.
la ignorancia,
no es gratificante

Ojos negros

El karma ha rozado mi piel
con un sublime látigo de espinas
que ha dejado grietas en mi espalda.

El castigo es invisible, pero duele;
mis heridas no sangran, sin embargo
las lágrimas que recorren mis mejillas, sí.

Todo se debe a mis decisiones
que te han hecho sufrir
como abanico de tristeza
pero hoy te dejo libre
hoy me alejo de ti
para que encuentres armonía en tu vida.

Tu olvido me llevará a un descanso eterno
entre la fragancia eterna de tu cuerpo.
Arráncame de tu corazón
como lo hace un león con la piel de su presa.

Ansío que sea feliz
que el alba ilumine tu faz
y que esos ojos negros tan negros
y grandes brillen e iluminen el mundo.

Ódiame y sé feliz.

Bolígrafo sin tinta

Mis tristes ojos descubren la agonía de la tarde
se enjuaga en la ausencia desparramada
a la luz de la llama de un candil.

Los estupefacientes hacen de la suyas
en creer que estás aquí
los silencios navegan mis dolores
la inercia me lleva a tararear nuestras canciones
y todo lo que veo es ondulante y tembloroso.

Estos silencios son largos
y se clavan en las paredes
exprimiendo el tiempo
y dejando espacios vacíos
que aún siguen atrás de mí.

Trato de pronunciar tu nombre
para iluminar un poco la ausencia,
lo acompaño con un vino
para variar el sabor que me daba ayer
quiero fundirme en los suspiros
para que me lleven hasta ti
y entonces, cuán profundo sea el éxtasis de ese sueño
la luna desmesurada me traerá de nuevo a la realidad.

Decadencia

Sociedad sin nombre
se teje con hilos de cristal
un futuro; cruel, débil y que cede
su libertad a la ignorancia.

El pardo abismo hostiga a las religiones
a preferir manipular que cosechar fe en sus creyentes,
rendido en el deseo intrínseco
de almas corrompidas,
la existencia reprocha
tantas almas que no se desnudan.

Vuelan los días entre neblina y cerrazones
padres que esclavizan, hurtan la niñez y
su exacta conclusión es decir que son otros tiempos
no represento sus valores,
esos valores que roban
la inocencia de niños olvidados.

Y las guerras un estandarte de paz
que son cobijas llenas de sangre
atraviesa almas que son paz
todo por apropiarse de fronteras

que son de todos
y las leyes son papel sanitario
de múltiples usos.

¿Cuánto miedo a la muerte?
¿Cuánto fetiche a la inocencia?
¿Cuánto de mentira o verdad?
¿Cuánto tiempo durará esta sociedad en decadencia?

¡ A u x i l i o !
Vociferaremos a la oscuridad
mientras nos arrastran a las fosas del inframundo
a los nueves valles cónicos estrechos, profundos
y ahí suplicaremos reencarnar
para enmendar tantos errores.

¿Será tarde para volver a empezar?

La muerte solo huele nuestras tumbas
jamás sabrá si somos transgéneros, gays,
blancos o negros, ella solo guardará silencio
y no preguntará si nos gusta las mujeres o hombres
vendrá junto al sol moribundo
y de repente nos arrancará algunos secretos del corazón
será una despedida inefable.

XV

Mundo vació
la bruma espesa,
muerde mis ojos.

Miedo a lo desconocido

En mi juventud siempre fui un lago solitario
o podría inspirarme a decir que
era un lago salvaje.

Ese lugar donde los pinos
dominaban los negros peñascos
un lugar de este vasto mundo
que nadie quería frecuentar y, sin embargo,
ese miedo no era de terror.
Quisiera convidarme a definir ese sentimiento
como el miedo a lo desconocido, **tal vez**.

Mis principios fueron manchados
por algunas estrellas
sólo aquellas estrellas pálidas y vacías
de esas que carecían de brillo
resecando los sueños
y absorbiendo los latidos de mi vida
entonces preferí alejarme siendo yo
mi misma luz frente esas estrellas
que dudarían de mi existir.

Atravesado por un pensamiento errabundo
heredé de mi padre un espíritu de humanidad
y lealtad en un éter de suspiros
y de lágrimas evaporadas
límpidas como el alma de él.
Abrí el punto de mi estancia
y las ganas de vivir están vencidas
día a día me voy creyendo
                    que estoy muerto.

Cruel sufrimiento
horrible palpitación
fiebre enloquecida
y todos los tormentos son pasiones malditas.
He bebido de muchas aguas
y ninguna apagan la sed.

Ahora mientras reposa mi alma tranquila
la fragancia de pensamientos
                        mezclados con poesía
dichosamente sumergida en el cielo sangrado
adormece tanta soledad hasta hacerme sonreír.

XVI

Ojos de mármol.
Gritos de pájaros,
en mi funeral

Limbo

A donde van a parar los actos olvidados
en su paso fugaz sobre la tierra
más allá de la singladura del tiempo.

Mi musa sin destino pretende cambiar al mundo
cruza por mi mente vacía y se ríe
sobre las astillas del presente
cierro los ojos un poco perdidos
regante de este juego sin lindes.

Sobre mi dorso tiznado de angustias
se puede traducir mi piel.
Los viejos arbustos con espinas
hacen trozos el vitral de páramos vacíos y
los pocos hilos que me sostienen se rompen.

Mientras caigo, los vientos bautizan
la umbría bajo las cuales veo
el fúnebre vértigo que custodia el tiempo
condenado por la justicia del ahorcado
descomprimido antes la caricia mortal del destino.

El último poema

No teníamos nada que perder
nada más lejos de la realidad
de este destino ya escrito.
Intenté convencer al alzar
para qué no quedará preguntas
en el aire.

Lo nuestro es viento
faltaron más ganas
quisiera decir que faltaron más momento,
el tiempo
argumentarán mejor este poema
porque sé que hemos arrancado
este sentimiento al mismísimo diablo.

Rostro

La rosa no es rosa
si no cuando el hombre la mira
muero por tu boca
por tus besos
por tus

l
a
b
i
o
s

También siento celos por el lienzo
en que te posas, de ese retrato
que emana un místico misterio…

Una mirada que hechiza que dan vida
a billones de estrellas.

Lunares que se alinearon para crear constelaciones
cabellera que despiertan a los dioses dormidos y
después de describir tu exuberancia reencarnada
sigo navegando hacia la muerte, **sin ti.**

He allí el dilema

Eclipse

En el esplendor que poco a poco se apaga
mis palabras van recorriendo tu cuerpo
siente la chispa del fuego junto a él
erupcionando en tus inexpertos labios
charcos de oxígeno molecular.

El aire cálido limita el respirar
desnudándose los párpados y
las mejillas a besos, descubriendo
a detalle tu cuerpo.

Después, sabré saborear la soledad
en el tiempo muerto por ahora el eclipse lunar
será el conspirador de tus recuerdos húmedos
que se hallará dentro de ti.

Esta noche mis manos apartará
tu carne y tu alma, dándome cobijo en tus
brazos quedando preso en tu seducción.

Cabalgando

Cabalgo por tus sueños
como un niño pequeño y
entre la brisa de verano
me susurran tus besos
me interpela, me atrapa
y me invita amarte, **a desearte**
al son de una caricia tan penetrante
que mi alma enloquecida
preñada de ti recorre los caminos del amor.

XVII

Cupido apunta,
un balazo en la herida.
Untada de ti.

Confesión

En la tormentosa noche del olvido
un mendigo camina al borde de la locura
levanta su copa colmada de penas
y hace un brindis que se plasmará
en los ríos de mis ojos
que trae torrentes de presagio.

Mañana será muy tarde para morir
hoy es el día, bebe el goce fructuoso
de la miel, donde se posa el arcoíris
y comulga con los espejos del alma
y la eternidad.

Cada pecado hace marcas en el cuerpo
como la marca que el fuego hace en el
ganado para un adiós definitivo en que
hubo despedida, ni pañuelos en el aire
solo neblina en el recuerdo.

Nadie entenderá el lenguaje de enredadera,
ni la risa que se espacia en los lugares desolados
ni en lo débil que se le volvió el mundo
y al filo de la desgracia maldice al escritor
por su trágico final.

Atraparte

Fuiste el firmamento de mis labios
La rosa enferma de William Blake
siento que me invadirá la nostalgia por un
encuentro imposible, en el furtivo amor
silencio cargado de un espeso café.

Bajo la delgada lluvia
la canción del sueño me vence…
y cada gota golpea mi cuerpo;
a base soledades
a base de ausencias y fantasmas
como duele el tiempo, mi amor
como duele sin ti.

Paz interior

No quiero detenerme sin
haber crecido tan solo un poco
es casi un deber, una meta
que debo cumplir cada mañana
porque los años me pasan y
van corriendo dejando caer
l a s   p a l a b r a s   y las poesías.

Mis demonios no descansan
me esperan
en cada amanecer también
son adicciones que nos han unido
incluso a soportar tomarnos un café.

No existe pastilla para la ansiedad
tampoco existen para olvidar alguien
que partió.

¿Mi vida está rota y cómo está la tuya?
¿Mi vida es débil y cómo está la tuya?
¿Mi vida da miedo y cómo está la tuya?

Sigo el camino de los poetas muertos
tratando de aprender de mis inseguridades
porque los años me siguen pasado
y no puedo regresar el tiempo
me hablo a mí mismo porque mis amigos
no me muestran sus caras
sólo puedo ver sus espaldas
aún sigo creyendo en mi vida.

Antes de que reloj ya no avance
trato de aguantar la respiración
para salir de esto, estoy en la oscuridad
tratando de buscar la luz, alejándome del ***Karma***.
Y es tan fugaz el dolor como la alegría, es repetitivo.

Estoy atado a esto y debo seguir luchando
desconectarme porque así funciona
cosas vienen y cosas se van
solo debo dejarlo ir
sé que necesito días
para hacer mi alma útil.

Danzante

Hermosa danzante que camina entre las nubes
paso a paso entre giros y giros
te has reencontrado con tu ser interior.
Caen pausadamente el fulgor que vive
en tu corazón, el que hace que el cosmos
se extienda con un guiño de venus.

Ella sabía que su dolor era pasajero
ella es fuego que arrasa el silencio.

Es luz de mar incasable
su voz es hoy viento libre
el resto de su cuerpo se posa, supera
y sobrepasa la realidad.

Afortunado será el que te saque una sonrisa
y aún más el que baile en tus ojos.

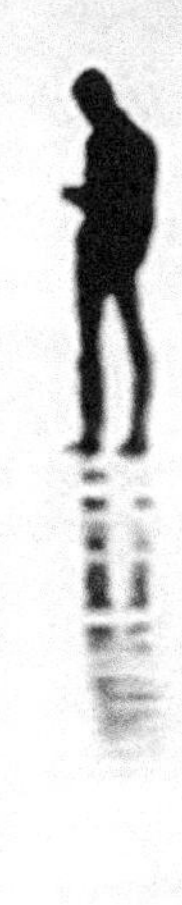

XVIII

Lobo hambriento.
Que recorre tu cuerpo,
hasta hacerte llegar.

Evolución

Despierto, dormido
Inquieto, esencial

Deprimido, triste
Amado, terco…

Alquilo mi escritura
donde nace mi alma
Herida y ultrajada.

Así evito el dolor del pecho
La fatiga de la mañana
Luego volverá a mi ser
Ya limpia… ya sin mancha

Runa sagrada
zumbando mi nombre
Tierra de gracia
se cae mi voz en vasos
De tinta, parece un juego de paradoja

Pero no.

FJ

Sobre mi silencio nacerá
la tristeza que dejaste

se quedará junto a tu ausencia
en cada amanecer veré en mi cama
el espacio que ya no ocupas
y en las noches oiré a mi hijo llorar.

Bajo la sábana de una endeble sombra
veré tus recuerdos, sentiré el amor
y dentro de este de este poema
quedará el sentimiento
que me destroza el alma.

Amor de mi vida
mis palabras asumen
su labor y es homenajear el tiempo
que me hiciste feliz aquellas noches
que confundimos las estrellas con suspiros
los detalles y los besos
que despertaron los jazmines en la sangre.

Descubrí el primer amor
el primero y el último que me diste
que es fruto de nosotros
junto a ti no resaltaba soledades
junto a ti me sentía viva y protegida.

Una mezcla de emociones
que sin duda alguna
acobijaba mis sueños.

Esposo mío, los recuerdos me lastiman
la nostalgia del ayer es menos de la que
siento hoy por esta despedida forzada
la que me impidió darte un beso por última vez.

Dios te puso en mi vida para
amarte y adorarte
Dios dejó en mi vida
tu fortaleza, tu buen corazón, tus ganas
de triunfar y de cuidar a tu familia.

Debo alimentar mi alma de lo que me dejaste
aferrarme al tronco de tu figura tan imponente.
¡Qué caprichosa es la vida!

Debo mantenerme erguida
en el mismo sueño, en el mismo amor,
en el mismo tallo en que librábamos
miles de batallas con la fe y la esperanza
por nuestro hijo.

Entre profanar los recuerdos y saber lo
difícil que es caminar sin ánimo, sin nada
saber que el valor que cargo está herido
y sufriendo, debo conspirar con todo para
sacar fuerza por él, porque así lo hubieras
q u e r i d o   t ú...

Amor de mi vida ilumina los cielos,
ilumina mis noches y en cada estrella te veré:
sé el guía en mis ojos
sé el guía de mi hijo.

Veré tu reflejo en la inmensidad
de este amor que no
pretendo olvidar.

Hondas

En el lecho nupcial desconoceré
la fragilidad de la relatividad
que se grabará en los cristales de mi tumba.

Cómo entender el tiempo
si se escucha el eco de sus gritos
que permanece incorruptible
es como una mosca que siente
la luz del sol, ella siente el calor
pero no sabe de donde proviene.

Es ver en los espejos del alma
y la eternidad, es entender la física
Newtoniana y terminar repitiendo

«El tiempo es lo más desconocido
de lo desconocido».

No hay vida circular porque
nos seguiríamos tragando el mismo cuento.
La vida acaba cuando morimos

como un cohete que se muere
a una velocidad cercana
a la velocidad de la luz.

Y cuando estemos a punto de ir
a la profundidad de la tierra
no nos daremos cuenta.

Si no existiera el tiempo todo estaríamos
trabados en un abrazo interminable
y sin sentido
aterrizando en la misma mierda.

Q u i e t o

I n e r t e

Matándonos
con la falsa ilusión de la realidad.

Inclinado

Pronto quedarán todos mis
recuerdos totalmente borrados
moviendo así las tristes cenizas
de mis amigos y familiares
que yacen apagados.

Entre los surcos trabajo mi mente
todos los días, recordando cuando
tenía el mundo bajo mis pies;
siendo joven y arrastrando fango
con los pies, y ahora sentado bebiendo
un vino amargo componiendo
entre fotos de mi vida pasada.

Me paro con dolor de espalda
manos arrugadas y canas que no duermen
barba plateada y ojos como un río de la aurora.
Suelto la cámara para poder llorar
con más fuerza, fotos que componen
mi congelada alma.

Oblicua senda, tan volátil como la soledad
que me arrasa, ausencia de familiares
que cicatriza en esta piel arrugada.
Oigo el eco de mi esencia
se oye como una dulce balada.
Es una fuga lenta y expansiva
con un sentimiento melancólico
que aún a su vez me siento vivo
y a la vez medio muerto.

¿Quién recuerda con nostalgia la juventud?
Pues mientras escribo
tiemblo como una débil palma.

Anhelo recuperar la ilusión perdida
pero mi cabeza inclinada mira hacia
la tumba.

XIX

Soy un poeta
Que enciende la pasión
entre líneas.

Vino barato

El abrigo del tiempo me dejó desnudo
en los frunces de la piel autoflagelada
recojo los recuerdos en este vacío milenario
y dejo escapar una sonrisa que alguien
en la memoria dibujó.

Al abrir apenas los labios
saboreo este vino amargo
que en aquellos tiempos juntos a ti
eran dulces como el amor, **libre**.

Mañana o quizás pasado
este dolor, dolerá un poco menos
o quizás me dejaré arrastrar mar adentro
y a la caída de otra tarde veraniega
seguiré bebiendo junto a Dionisio
hasta convertirme en un esclavo
que busca morder el infierno
ausente de algún futuro que se va
desvaneciendo alrededor de mi mente.

Soledad

Vienes con un andar ligero
ligero como las noches de mis penas
acompañadas de sueños trasnochados
que suplican un café amargo.

Trasnochado agonizo
por tus sueños que se vuelven cenizas
en el holocausto perdido.

Por tus cantos nocturnos que sólo tienen
descanso eterno en mis oídos.

Por ti que he confinado mi corazón
y ahora éste
deambula hasta que vuelvas.

Atracción

Tenue luz de una atracción física
que se genera cada vez que nos vemos.

¡Es tan intenso!

Arden las pupilas de
tanto recorrer tu cuerpo;
detrás de la cortina del sosiego
hay un callar con el rostro sonrojado
y no es una atracción física
sino una atracción química entre
nuestros cuerpos.

Dejaría caer en tus oídos esta frase:

***«La flor morena de tu piel, necesita ser
cuidada y mis manos son tan extensas
para cuidar cada pliegue de ella».***

Entre el silencio se pierden mis ganas
de decírtelo, pero me paralizo
con el vaivén de tu sonrisa.

¡Bendita sea tu estirpe!
¡Maldita sea el nudo de mi garganta!
En los establos del pensamiento
quisiera que nos dejáramos
llevar por el momento
a lo mejor sea mágico o pasajero
necesito vivirlo
y temo que este instante pase
que tu sonrisa la desvanezca el tiempo.

Inalienable

Cada cicatriz cuenta una historia
que no puede ser arrancada
tampoco puede ser olvidada
sólo busca celebrar el inalienable
origen de un recuerdo.

Posiblemente mañana las
hienas malditas devoren mi carne
que se hallará arrugada.

Posiblemente el tiempo acurrucará
todos aquellos sueños e incluso
aquellos sueños dormidos que danzarán
en la eternidad de mi alma.

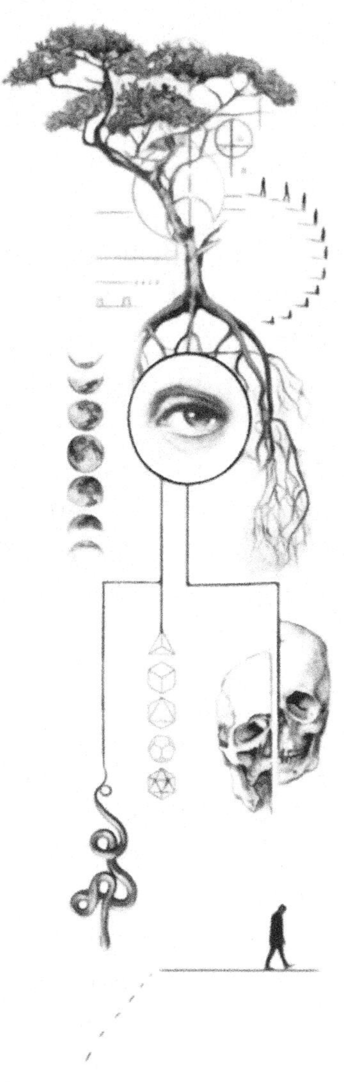

Distancia

Yo de esta pasión y distancia hago poesía
y le pido a la divinidad creada que me acerque
hacia a ti para poder rozar tu sublime pelo y
entre cruzadas miradas robarte un beso.

La distancia debe ser vista como un cuerpo
al que todos desean besar, aunque queme.
Podría proseguir detallando el ardor de mi alma
pero mi próxima escala me llevará a ti.

Despierta tu mente
¿Para que vivir?

La muerte nace conmigo
y mi alma se alimenta de tormentos
tengo sueños que ha muerto de estar
atados a las cuerdas de un reloj
y aún así, mi fe no se desbarata.

A la hora de mi partida dejaré
mi conciencia en las teclas de un piano
y se hará canciones con mis actos para
cobrarme todo lo vivido y la multitud

vociferarán gesticularán vomitarán

en la pestilencia de un cristo sin látigo.

El vacío se siente lleno por el cansancio
de una sonrisa que pesa más que la tristeza
trato de ponerme de nuevo en el camino
de los vivos con un ritmo muy ausente
con una voluntad inmarcesible.

Intemperie

Crezco en el perfil de la soledad
a la luz de estío o de la paz que me
traen los recuerdos de mi infancia.

Me mezclo entre el invierno y la primavera
para convertir mis dolores en esperanza
esto me absorberá lentamente como
abono en tierra estéril.

Cruel intemperie mis vértebras
se harán añicos, mis huesos crujirán de miedo
y perderé el cabello, mis rodillas ya desarticuladas
no querrán volver a orar.

Debo seguir a pesar de que cada año subo un
escalón más hasta convertirme en un estropajo
abandonado ya que la desesperada sombra
con olor a muerte me quiere atrapar
y si me detengo…
m e a t r a p a r á.

En mi huerto acurrucaré los recuerdos de mis padres
y en todo aquello que me traía paz
acariciando el deseo de volver a nacer.

31 D

Si el amor pasa una vez en la vida
en nuestras vidas la casualidad rompió
el silencio de estos corazones fugitivos
que bailan un vals en los cimientos
de una noche sublime.

Que frágil es el recuerdo que moja
nuestro primer beso, la lluvia galopante
inunda nuestros cuerpos como película de acción,
además no se suponía que tu mirada
se aclara en mi alma como velero
en tierras nuevas.

Debí suponer que esos ojos
me haría vivir de nuevo
debí suponer que las conversas
hasta el amanecer era lo que más
iba a querer en todo el día.

Me rindo, sí, me rindo a tu cuerpo milenario
a tu energía que le robaste al universo
a tu sonrisa enigma de clavel y al cerrar los ojos
los abro dentro de los tuyos
para ver las puertas del paraíso.

Musa

Desprende mi carne de los huesos
y haz un hueco para siempre al fondo
de mi alma que, al buscar en mi último sueño
te encuentres allí.

Se hace fuerte los violines en tu ausencia
seré discreto al galopar sin ruidos en mi
angustiosa búsqueda para encontrarte.

Mis sueños gritan,
tus labios de cristal,
al despertar la mañana.

Balance

No creo que todo haya sido en vano
me inclino ante los pies del destino
con reverencia, no es fácil ser peregrino
en tierra de profetas, pero quiero que la paz
transite en mi ser como odisea.

Mis mano participan extasiadas
lo mezclo con mis lágrimas moldeando
una armadura; me visto de guerra y
vuelvo a la batalla, sin resultado alguno
en mi cabeza.

Tan pronto como puedo voy a terapia
desde el temblor o el quebranto
y el viento revienta mis puertas
para dejar entrar el sufrimiento.
El propósito de este poema
es mantener la esperanza, de no ser
así el poema se vengará.

Transcendecia

Algo en mí no se sostiene
hilvanando en mi piel
la cicatrices que no se ven
perdiendo contenido hasta quedar en nada.

Días saturados de dilemas
y autoflagelación que a las
palabras huecas llenan de sentidos
escucho acelerado mi latir y las puntas
de mis dedos en trance y revelación
dibujan líneas que nunca alcanzará
los espacios que no se elucubrarán
en la profundidad observo las
claves del universo para crear
un balance en el existir.

Quiero trascender mi alma
despertar la carne que me arropa
y moldear una vez mi cabeza y otras veces
mi corazón hasta encontrar un sentido
a lo creado, hasta desatar en mi interior
lo que por tanto tiempo buscamos

¡Paz!

Hambriento

Hay fuego en sus ojos, arden
cuando se fijan en mí
de algún modo el tiempo
se detiene
se añade un ligero
matiz a la costumbre
conjurando los ruidos del corazón
despertando toda mi geografía
mi infancia, las canciones
y algún ritual gitano que
vuelven sudorosos mis oídos.
Nuestros cantos de lluvia pasan
como un volcán que hasta
las mentes más frías
y los estómagos helados
se calientan.

Me descifras hasta poner en fugas
mis deseos
quisiera evadirte
poner la cerradura y condenarme
pero no quiero.
Siempre pensaba que
la primavera llegaba así de afanada
con las ganas de arrasar con todo
y re-construir mis sueños
que con esta edad lo he ido perdiendo.

Antes era nada, ahora soy un cuerpo
con un pecho que se alza,
una sombra que devora las noches,
un avatar que agarra la espuma de tu cuerpo
con las manos
que se enciende y arde por ti
con estos ojos hambrientos que desean devorarte.

Penosa Oscuridad

En esta ciudad brotan
almas retorcidas, adormecidas
van abriendo los senderos
de la morbosidad.
Van recorriendo sin prisa
con amables sonrisas
sosteniendo tanta envidia
para mitigar la fe.

Las siluetas son admirables
manera en la cual disfrazan
los intereses bastardos; egoísmo
y falsedad como la figura de
un pastor, mostrando los servicios
humanos abusando de niños.

La crónica de la ciudad
Puede quedar dormida en el
peso de su historia, sin embargo
una vez, a oscura estaba la tierra
y por sí misma dio luz con expendida
bondad.

Dejemos el sentimiento de elogio de
circunstancias o personas, eliminemos
palabreo obsesivo

¡Seamos sinceros!

y otorguemos conciencias
a estas penosa oscuridad

XXI

Solitario,
anegado en lágrimas.
A la invisible desgracia.

Te espero

Me pierdo en tu cuerpo imaginario,
Diosa del Olimpo solo me desvela tú
ni las noches más tormentosas me desvelan
es tan agónica la distancia.

Los pensamientos vuelan
y mi mente decae
todo lo que veo es nada sin ti
me duele esos labios que deseo besar
y no están
me duele verte
siento tanta fragilidad
que hasta el viento me tumba
delirios de querer tenerte.

Esta sensación me hace entender
que este poema ya se escribió
quiero detener esta realidad
pero me topo con este dejavu
muro pálido de la agonía.
Inefable palpitar
        no importa el tiempo
            ni la razón.

Me rebelo contra la insensatez
este nocturno de lágrimas líricas sangra
consumido en noches triste
este humano de carne podrida
y de rosas hirientes te espera en el sótano terrenal.

¿Esto podría ser peor?

Estoy solo
Estoy sereno
Estoy feliz

Todas las noches cierro los ojos
Para fundirme en la eternidad
Ahí soy invisible hasta la última

Gota de mis huesos.

Saboreo el incendio de la luna llena,
aquí ¡es inútil quejarse!
Porque en la piel transpira la luz naciente
la muerte se incuba y desaparece.

En la punta de los dedos, la travesía
Del pensamiento se escapa y
aparece frente a mí, sin misericordia
y algunas diciéndome…

Vive sin miedo, sin rencor, quema esta piel
con la paz interior, ahógate en ser feliz abre
tu alma al anhelo

Gemidos como zumbidos
el pecado ocupa nuestros espíritus
cubriendo todo el sudor caliente de los cuerpos
encarnado uno sobre el otro.

Entre mis dientes, callo tu lengua
y con el marco de tu olor se evapora vilmente
estos pecados testarudos.

Sin ti este sabio químico se saborea amargo
el incendio es bastante digno
eterno inexplicable y no pretendo detallarlo
mejor que la imaginación lo explique.

Aunque mis manos en tus muslos queman
nunca pensé en tener tantas ganas
de quemarme
veo el óleo en el alba
en lo alto te ves
detallando ese abdomen perfecto
y al verme abajo siento el placer infinito
la delicia en ciclos nocturnos
en remanso del placer nos inundamos
hasta mojarlo todo.

Soy yo

No soy el mismo que fui
He sumado muchas rayas
A este lomo, decepciones
Traiciones, también sonrisas
Y algunos amores.

Deseo seguir huyendo
de las malas energías
al final cuando muera
Lo que deje escapar
No se acordará de mí
y desterrado quedare
de algunos corazones
que herí.

Antes no suponía
que en algunos ojos
me marchitaría
en algunas oraciones
mi conciencia
cobrará venganza
porque bueno fui
en el camino a la vejez.

D a m e

Aprendí a amarte bajo la lluvia.
Aprendí a cubrir el frio de tu piel
huelo tu ausencia y no puedo vivir
sin ti

Dame un poco de esa sonrisa
me hace libre, dame de tus manos
para secar estas lágrimas.

Dame de ti para derrumbar tanta soledad
porque mi conciencia no se resigna a perderte.

Perdóname por renunciar a la promesa
que te hice aquellas noches en jamás
dejarte sola
ni esta vida
ni en la otra
y ahora te despiertas
preguntando donde estoy.

Tomé un poco de tu felicidad para conducir
a través de la flor de la vida
no soy egoísta
y tuve varias razones para hacerlos
me fui a otra dirección…

el tiempo no escucha si le
pides que espere

cambié todo por tu futuro
y cada noche las olas de mis lagrima
me acorrala con esta ansiedad
que me va consumiendo.

Me he adueñado de tus lágrimas
hasta rodarlas
y convertirlas en olas
recuerda que la vida podría cambiar algún día
no puedo perder la esperanza
de volverte abrazar
para encontrar el sol más brillante
cuando lo haga
no quiero desvanecer de tus recuerdos
ni que olvides las conversaciones
ni mucho menos aquellas
sonrisas de las tardes veraniegas.

XXII

Inhala, exhala.
No desesperes,
lo lograrás.

Carlos Ochoa

(Valera, Estado de Trujillo, 1991). Poeta, Licenciado en Educación con Mención en Geografía e Historia, egresado de la Universidad Experimental Rafael María Baralt, en el Estado de Trujillo, su inquietud Poética Literaria se inicia en el año 2015. Actualmente radicado en Houston, Texas, en los Estados Unidos de América.

Cuenta con dos poemarios inéditos, Las ramas del tiempo y Desierto a media luz,2021. Entre sus obras literarias presentadas en textos por grupos editoriales están Antología Poética Nuestra Voz, 2017; Actuales Voces de la Poesía Hispanoamericana, 2019; Colibrí De Papel, 2020; ente otras antologías. Obtuvo Segunda Mención de Honor del Premio Poesía Alma del Campo en la Ciudad de México, además obtuvo un reconocimiento de " Inspiring latino award" 2021 por contribuir con su arte en la comunidad Latina. Es Integrante del Club de Poesía: Poetas Houston.

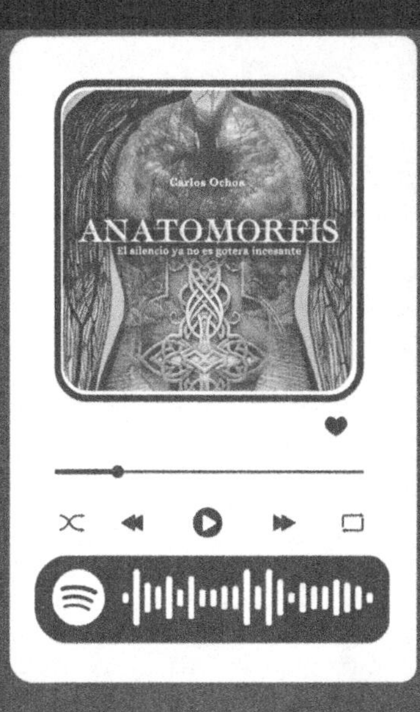
Carlos Ochoa
ANATOMORFIS
El silencio ya no es gotera incesante

TIN
TA
PU
JO

Ninguna página

queda a salvo de TINTAPUJO;

ESTE LIBRO ESTÁ EN TUS MANOS SUSURRANDO TU NOMBRE

y para llegar aquí rompió el silencio.

Hemos dicho veinte veces poesía o jardín

—que es lo mismo—.

Afirmamos pues, que

ningún libro es una exageración.

Índice

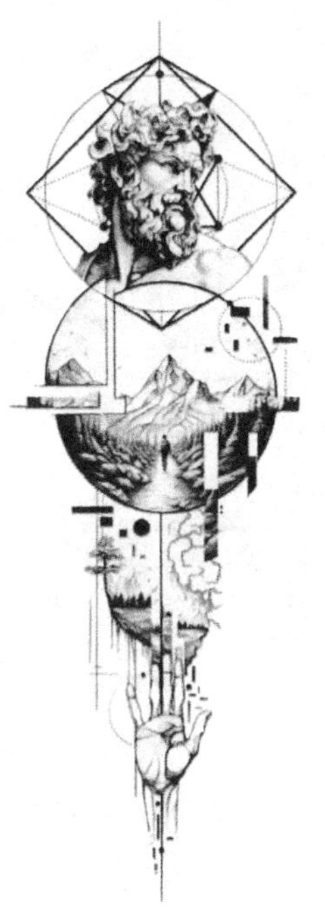

Made in the USA
Coppell, TX
28 July 2024